Viagens de Gulliver

Jonathan Swift

adaptação de Lúcia Tulchinski
ilustrações de Cláudia Ramos

editora scipione

Edição
Sâmia Rios

Assistência editorial
José Paulo Brait e
Camila Carletto

Revisão
Rosalina Siqueira,
Cesar G. Sacramento e
Ana Carolina Nitto

Coordenação de arte
Maria do Céu Pires Passuello

Programação visual de capa e miolo
Aída Cassiano

Diagramação
Elen Coppini Camioto

Elaboração do encarte
Soraia Mimessi Bacci

editora scipione

Av. Otaviano Alves de Lima, 4400
Freguesia do Ó
CEP 02909-900 – São Paulo – SP

ATENDIMENTO AO CLIENTE
Tel.: 4003-3061

www.scipione.com.br
e-mail: atendimento@scipione.com.br

2017

ISBN 978-85-262-8242-1 – AL
ISBN 978-85-262-8243-8 – PR

Cód. do livro CL: 737839
CAE: 262469

2.ª EDIÇÃO
8.ª impressão

Impressão e acabamento
Bartira

• • •

Ao comprar um livro, você remunera e reconhece o trabalho do autor e de muitos outros profissionais envolvidos na produção e comercialização das obras: editores, revisores, diagramadores, ilustradores, gráficos, divulgadores, distribuidores, livreiros, entre outros.

Ajude-nos a combater a cópia ilegal! Ela gera desemprego, prejudica a difusão da cultura e encarece os livros que você compra.

• • •

Dados Internacionais de Catalogação na Publicação (CIP)
(Câmara Brasileira do Livro, SP, Brasil)

Tulchinski, Lúcia

    Viagens de Gulliver / Jonathan Swift; adaptação de Lúcia Tulchinski; ilustrações de Cláudia Ramos. – São Paulo: Scipione, 2002. (Série Reencontro infantil)

    1. Literatura infantojuvenil I. Swift, Jonathan. II. Ramos, Cláudia. III. Título. IV. Série.

02-1956	CDD-028.5

Índices para catálogo sistemático:
1. Literatura juvenil   028.5
2. Literatura infantojuvenil   028.5

Sumário

No reino dos pequeninos 5

Na terra dos grandalhões 14

A estranha ilha voadora 27

No país dos huynhuns 36

Considerações finais de um viajante 47

Quem foi Jonathan Swift? 48

Quem é Lúcia Tulchinski? 48

No reino dos pequeninos

Minha família morava numa pequena propriedade na Inglaterra. Como não éramos ricos, aos quatorze anos deixei a escola e tornei-me aprendiz de um famoso cirurgião, o doutor James Bates. O pouco dinheiro que eu recebia de mesada, aplicava em aulas de navegação e matemática. Esses conhecimentos me seriam úteis quando realizasse o sonho de viver grandes aventuras nos mares.

Isso aconteceu alguns anos depois, quando consegui uma vaga de cirurgião na tripulação do navio Andorinha. Por três anos e meio, fiquei longe de casa. Voltei a Londres com planos de formar uma família. Então casei-me com uma jovem chamada Mary Burton.

Pouco tempo depois, em virtude da morte de mestre Bates, fiquei praticamente sem trabalho. Não tive outra saída senão retornar ao mar. Trabalhei como cirurgião em vários navios e fiz muitas viagens às Índias.

No dia 4 de maio de 1699, embarquei no navio Antílope, rumo aos Mares do Sul.

Tudo corria bem, até que uma violenta tempestade nos surpreendeu em alto-mar. O navio se espatifou de encontro a uns rochedos. Eu e os outros tripulantes conseguimos embarcar num bote que estava no convés e remamos com esforço contra o mar bravio. Para nosso desespero, o bote virou. Perdi meus companheiros de vista e tratei de nadar.

Fiquei à deriva durante uma semana, agarrado a um tronco e sendo arrastado pelo vento e a maré. Certo dia, avistei terra firme e, com as forças que me restavam, consegui nadar até lá. Cheguei exausto, deitei-me no chão e dormi o sono mais profundo de toda a minha vida.

Ao acordar, tive uma surpresa daquelas! Minhas mãos, meus pés e cabelos estavam amarrados por milhares de fios presos a estacas no chão. Minúsculas criaturas humanas, armadas de arcos e flechas, cercavam-me por todos os lados. Vestiam roupas esquisitas e falavam uma língua incompreensível.

Com um pouco de esforço, consegui soltar minha mão esquerda. Isso provocou uma grande confusão entre eles. Uma chuva de setas atingiu-me em cheio. Meu colete de couro protegeu-me de ferimentos mais graves. Bem... Não foi difícil concluir que eles me consideravam um gigante ameaçador e perigoso.

Eu estava quase morto de fome, porque havia me alimentado pela última vez antes do naufrágio. Levei o dedo à boca diversas vezes, para demonstrar que queria comer.

Finalmente, meu desejo foi atendido. Diversas escadas foram encostadas ao lado do meu corpo. Um batalhão de cem homens pequeninos, carregados com cestas cheias de comida – carne de diversos tipos e pães –, saciou minha fome. Barris com vinho também foram providenciados, para aliviar minha sede.

Após a refeição, o rei, acompanhado de seu cortejo, surgiu à minha frente. Sem demonstrar qualquer tipo de hostilidade, ele falou por cerca de dez minutos. Eu não conseguia entender nada. Ele apontava insistentemente para uma certa direção. Mais tarde, descobri que ali ficava a capital daquele reino, conhecido como reino de Lilliput. Sua Majestade e o Conselho Real decidiram que eu deveria ser conduzido até lá.

Uma enorme engenhoca foi construída para me transportar. Novecentos homens me colocaram na tal geringonça e me amarraram com grossas cordas. Mil e quinhentos cavalos foram mobilizados para me conduzir.

Durante o trajeto, alguns pequeninos introduziram lanças em minhas narinas, o que me provocou cócegas e espirros violentos. Na verdade, só fiquei sabendo de todos esses detalhes mais tarde, pois dormi como um bebê durante toda a viagem. Os lilliputianos eram espertos, e tinham colocado sonífero no vinho que me deram.

No dia seguinte, por volta do meio-dia, chegamos aos arredores da capital de Lilliput. Minha moradia seria um velho templo abandonado, localizado fora dos muros da cidade. Minha perna esquerda foi acorrentada para que eu não tentasse fugir.

Ao me levantar, na manhã seguinte, olhei com calma para a paisagem lá fora. Lilliput parecia um grande jardim. Campos, bosques e canteiros de flores estendiam-se a perder de vista.

Naquele dia e nos vários outros que se seguiram, o rei, que era o mais alto entre os pequeninos, costumava me visitar. Tentei falar com ele em várias línguas, mas não conseguia me fazer entender e tampouco compreendia o seu idioma.

Pessoas de todas as partes do reino deixavam suas aldeias para ver o Homem-Montanha, como fui apelidado. Sem dúvida, eu havia me tornado a maior atração do lugar... e também um grande problema! O rei e seus conselheiros discutiam constantemente a minha situação.

– Ele provoca despesas enormes!

– Nossos celeiros e pastos vão ficar vazios!

– Com apenas um de seus passos, ele pode esmagar muitos de nós...

Apesar de tudo, um pequeno exército foi convocado para cuidar das minhas necessidades. Centenas de alfaiates confeccionaram-me roupas à moda de Lilliput. Súditos das aldeias próximas foram encarregados de fornecer alimentos para saciar minha fome. Os mais famosos mestres de Sua Majestade foram incumbidos de ensinar-me o idioma do reino.

Em três semanas, eu já tinha feito grandes progressos e conseguia conversar na língua deles. Aprendi, então, a pedir a minha liberdade, e fazia isso constantemente.

A resposta era sempre a mesma:

– Primeiro, você deve jurar paz a Sua Majestade e ao reino!

    Meu bom comportamento foi aos poucos abrindo caminho para uma amizade sincera com os lilliputianos. Cinco ou seis deles dançaram algumas vezes na palma da minha mão. Meninos e meninas vinham brincar de esconde-esconde no meu cabelo. Os cavalos do exército não se assustavam mais comigo e aproximavam-se com naturalidade. Eram comuns as tardes de brincadeiras e os momentos descontraídos de lazer.

Finalmente, após prestar juramento solene (e para lá de engraçado, pois precisei segurar o pé direito com a mão esquerda e colocar o dedo anular da mão direita na cabeça e o polegar na extremidade da orelha direita), fui libertado. A partir desse dia, pude passear pelo reino e conhecer de perto os hábitos dos lilliputianos.

A primeira cidade que visitei foi Milendo, a capital do reino – um quadrado perfeito cercado por uma muralha. Cerca de quinhentas mil pessoas viviam lá, em casas que tinham de três a cinco andares. Muita gente ficava grudada nas janelas para me ver passar.

– Vejam, é o Homem-Montanha! – gritavam os habitantes.

Havia duas grandes avenidas na cidade. Não pude passar nas ruas menores, pois eram muito estreitas.

O palácio do rei, uma belíssima construção, ficava exatamente no meio da capital. Ao me ver através da janela, Sua Majestade sorriu gentilmente.

Os lilliputianos levavam uma vida pacífica. No entanto, logo fiquei sabendo que tinham um inimigo: o império de Blefuscu, uma ilha situada ao norte de Lilliput.

Justamente quando eu comemorava a minha liberdade, surgiu a notícia de uma invasão inimiga. Aflito, senti-me na obrigação de ajudar meus novos amigos. Procurei o rei e disse-lhe:

– Se Sua Majestade permitir, tenho um plano de ataque para conquistar a frota naval do inimigo!

Assim que recebi autorização do rei, entrei em ação. Munido de cordas, cabos, ganchos e barras de ferro, entrei no mar e fui até o lugar onde a frota naval de Blefuscu estava ancorada.

Ao me ver, os soldados do inimigo ficaram aterrorizados! Abandonaram as embarcações e nadaram até a praia. Enquanto isso, aproveitei para prender os ganchos nos navios.

Milhares de flechas foram disparadas em minha direção. Várias delas me atingiram, e a sensação que eu tive foi de picadas de agulha. Enfim, terminei de prender os ganchos e, para espanto total dos soldados de Blefuscu, arrastei seus cinquenta maiores navios de guerra atrás de mim.

Atravessei o canal a nado com a minha preciosa carga e cheguei são e salvo ao porto de Lilliput. Lá, fui recebido com entusiasmo e condecorado com um título de honra.

– Viva o Homem-Montanha! – gritava o povo.

Na ocasião, o rei pediu-me ajuda para destruir a nação inimiga, eliminando-a para sempre do mapa.

Infelizmente, não pude atender ao pedido do soberano.

– Majestade, sinto muito, mas não tenho coragem de tirar a vida de pessoas inocentes – respondi.

Ah, Lilliput... Que curioso reino era aquele! Homens e mulheres mediam cerca de quinze centímetros. Os cavalos mais altos e os bois não passavam de dez centímetros, enquanto os gansos tinham o tamanho de um pardal europeu. As árvores mais altas não ultrapassavam dois metros de altura.

Eles enterravam seus mortos de cabeça para baixo, pois acreditavam que, passadas onze mil luas, eles estariam novamente virados para cima.

Todos os crimes contra o governo eram punidos de modo severo, especialmente as fraudes. A ingratidão constituía um crime capital: todo aquele que a praticasse contra um benfeitor era considerado inimigo comum de todo o reino.

As crianças e os jovens eram educados em escolas. Pais e filhos encontravam-se apenas duas vezes ao ano.

No entanto, Lilliput não estava livre de intrigas. Minha estada por lá não ultrapassou nove meses e treze dias, justamente por causa de uma intriga. Felizmente, fui avisado a tempo por uma pessoa de alta posição na corte. Entre outros crimes, eu era acusado de não ter obedecido à ordem real de destruir o reino de Blefuscu. Resumindo: minha vida corria perigo!

Não esperei para ver o que aconteceria. Parti para Blefuscu, com a intenção de nunca mais pôr os pés em Lilliput.

Ao chegar lá, depois de explicar a minha situação e desculpar-me pelo episódio dos navios, fui tratado com muita cortesia pela família real.

Três dias após a minha chegada, enquanto observava a costa nordeste da ilha, reparei em um bote que boiava na água. Ele tinha as medidas apropriadas para o meu tamanho. Ali estava a minha salvação! Com o consentimento do imperador de Blefuscu, icei vela e parti, deixando para trás os dois reinos de pequeninos.

Eu já navegava por muito tempo naquelas águas desconhecidas quando avistei um navio com uma bandeira inglesa. Aproximei-me da embarcação e acenei. Logo, o barco arriou suas velas e pude subir a bordo.

Era um navio de comércio inglês, que regressava do Japão. O capitão, um homem muito educado, chamava-se John Biddell. Poucos acreditaram na minha história sobre Lilliput, mas eu havia trazido algumas vacas e carneiros no bolso. Assim, não fiquei com fama de louco nem de mentiroso.

Desembarquei na Inglaterra alguns meses depois. Meus dois filhos e minha esposa receberam-me com carinho. À noite, eles ficavam reunidos para ouvir minhas aventuras nas terras dos pequeninos. Ganhei o apelido de Papai Gigante!

Na terra dos grandalhões

O meu desejo de conhecer terras estranhas não me permitiu ficar muito tempo em casa. Dois meses depois, embarquei no Aventura, um navio mercante comandado pelo capitão John Nicholas.

Ventos favoráveis nos conduziram até o cabo da Boa Esperança, onde ancoramos para fazer consertos no navio. Depois, seguimos para Madagascar. No caminho, fomos surpreendidos por uma terrível tempestade, que nos desviou da rota. Nem o mais experiente dos marujos sabia dizer em que parte do mundo estávamos. Só nos restava torcer para encontrar terra firme o mais rápido possível, pois a comida e a água estavam acabando.

A sorte parecia estar do nosso lado. Alguns dias depois, um dos marujos gritou:

– Terra à vista!

De longe, não era possível distinguir se era uma ilha ou um continente. Eu e mais onze homens fomos encarregados pelo capitão de averiguar isso. Saímos do navio e partimos num bote, carregando algumas armas e vasilhas para encher de água.

Ao chegarmos em terra firme, caminhei sozinho por alguns metros, mas não achei nada para beber ou comer. Decidi voltar ao ponto de partida. Para minha surpresa, encontrei meus companheiros no bote, remando com toda força em direção ao navio.

– Ei, esperem por...

Não tive tempo de terminar a frase. Logo percebi que uma enorme criatura avançava mar adentro, tentando agarrá-los.

Corri o mais rápido que pude pelo mesmo caminho que havia trilhado antes e subi numa colina. Fui parar numa estrada larga, que atravessava um milharal. As espigas de milho erguiam-se a mais de doze metros de altura. As árvores eram tão altas que eu não conseguia enxergar os topos. Seria uma terra de... gigantes?

Um medo terrível tomou conta de mim. Tentei esconder-me entre os pés de milho. Então, vi mais um daqueles seres enormes avançando pela plantação. A distância entre suas passadas devia ser de uns dez metros. Ele chamou por alguém. O som de sua voz tinha a intensidade de um trovão.

Logo depois, sete grandalhões parecidos com ele aproximaram-se com foices nas mãos e puseram-se a ceifar o milho.

"Se eles me encontrarem, estou frito!", pensei. Não pude deixar de me lembrar de Lilliput, onde eu podia arrastar uma frota de navios com a mão. Que artimanha do destino, lançar-me justamente naquele lugar!

Não demorou muito e fui apanhado por um daqueles grandalhões. Ele me agarrou com cuidado, como se tivesse medo de estar tocando em um animal venenoso.

Não me restava outra coisa a fazer senão rezar:

– Deus, por favor, tenha piedade de mim! Não quero deixar meus filhos órfãos...

O grandalhão me colocou no bolso do paletó e saiu em direção a uma casa de fazenda.

Chegando lá, exibiu-me como um troféu conquistado em um dia de sorte.

O fazendeiro chamou os criados para me ver. Todos se sentaram em círculo, ao meu redor, admirando-me como se eu fosse um ser de outro planeta. Tirei o chapéu e fiz uma reverência em direção ao dono da casa. Ele tentou se comunicar comigo, mas isso era impossível, pois não falávamos a mesma língua.

Na hora do jantar, fui tratado como um hóspede e sentei-me à mesa com a família do fazendeiro, composta pela mulher, três filhos e uma avó. Felizmente, o gato de estimação da casa, que parecia três vezes maior do que um boi, não me deu bola.

Não tive a mesma sorte mais tarde, no quarto, quando estava dormindo. Dois ratos enormes apareceram por lá e começaram a me cheirar. Logo, passaram a me atacar de todos os lados. Tirei o sabre do bolso e atingi um deles na barriga. O outro, vendo o destino do companheiro, fugiu amedrontado. Ufa! Foi um apuro daqueles!

A filha do fazendeiro, uma garota de nove anos, passou a cuidar de mim com toda a dedicação. Um dia, ela resolveu batizar-me:

— De hoje em diante você se chamará Grildrig! – disse a menina, naquela língua estranha.

A garota costurou roupas para mim, à moda do país, e cercava-me sempre dos mais variados cuidados. Foi com ela que aprendi as primeiras palavras do idioma daquela terra de gigantes, o reino de Brobdingnag.

Um dia, seguindo o conselho de um amigo, o fazendeiro levou-me a uma feira numa cidade vizinha. Ele planejava ganhar alguns trocados à minha custa. Deixou-me exposto como um pássaro exótico, e as pessoas pagavam ingresso para me ver. Às vezes, eu era obrigado a dançar e a fazer as mais diversas estripulias para provar que era inteligente e habilidoso.

O lucro obtido pelo fazendeiro foi tão grande que ele decidiu exibir-me em todas as cidades do reino. E lá fomos nós! Eu era transportado numa caixa de madeira acolchoada. Minha protetora cuidava de tudo, para que nada me faltasse. Às vezes, ela me tirava da caixa para que eu pudesse respirar ar fresco e apreciar a paisagem. A essa altura, eu já conseguia falar razoavelmente a língua deles.

Na capital do reino, chamada de Orgulho do Universo, o fazendeiro alugou uma casa para as minhas apresentações. Eu tinha de trabalhar tanto que emagreci demais, ficando praticamente em pele e osso.

— Ele não deve durar muito tempo... Preciso aproveitar ao máximo para encher os bolsos! — resmungava o fazendeiro.

Certo dia, ele recebeu a ordem de conduzir-me ao palácio real. As notícias sobre a minha pessoa circulavam por toda a criadagem, e não demorou para que a rainha ficasse curiosa a meu respeito. Ao chegarmos lá, fui colocado sobre uma mesa. A rainha observou-me com todo cuidado e depois perguntou:

— Diga-me, pequeno ser, você gostaria de viver no palácio?

— Infelizmente, Majestade, não sou dono do meu destino. Desde que me encontrou, o fazendeiro decide todos os meus passos. Mas é claro que, se eu pudesse escolher, apreciaria muito consagrar minha vida a serviço de Sua Majestade.

A rainha não perdeu tempo. Perguntou ao fazendeiro se estava disposto a me vender. Ele concordou com a proposta. O negócio

foi fechado naquela mesma hora por mil moedas de ouro. E foi assim que me tornei um servo real. A filha do fazendeiro foi contratada para ser minha ama, o que muito me alegrou, e a ela também.

Os sábios da corte foram chamados para me examinar. Havia dúvidas sobre a minha origem. Seria eu um anão? Um ser de outras dimensões? Assegurei ao rei que eu vinha de um país onde o meu tamanho era comum para seres adultos. Portanto, eu não era nenhuma aberração da natureza. O rei, que era um homem sábio, aceitou as minhas explicações.

A rainha encomendou ao marceneiro real uma caixa de madeira para servir-me de aposento. O serviço ficou perfeito! Eu tinha um quarto adorável, com cadeiras e móveis, além de uma cama muito confortável, um lavatório e uma pequena saleta com uma rede. Um cadeado – o menor já fabricado no reino – protegia a porta do meu quarto das temíveis ratazanas.

Minha vida melhorou muito. A rainha apreciava tanto a minha companhia que fazia questão da minha presença diariamente à hora do jantar. Minha mesa e cadeira eram colocadas sobre a mesa de Sua Majestade.

O apetite da rainha era admirável! Numa única refeição, ela comia mais do que uma porção suficiente para doze fazendeiros ingleses. Um conjunto de pratos, talheres e travessas de prata foi fabricado especialmente para o meu uso. Perto das louças e talheres reais, eles pareciam de brinquedo.

No palácio real, nada me deixava mais irritado do que o anão da rainha. Ele era muito maior do que eu: media cerca de nove metros de altura! Desde a primeira vez que me viu, gostava de me atacar e ridicularizar em público. O motivo da sua raiva era um só: inveja.

Um dia, ele me jogou dentro de uma travessa cheia de creme de baunilha. Minha protetora, que estava do outro lado da sala, veio correndo para me salvar. Eu já tinha engolido muito creme quando ela me tirou dali. A rainha ficou indignada com a maldade do anão e ordenou que ele fosse chicoteado. Alguns dias depois, ela o deu de presente para uma dama da corte.

O reino de Brobdingnag não se estendia mais do que três mil quilômetros ao redor da capital. Tratava-se de uma península que terminava a nordeste, cercada por uma cadeia de montanhas, com vulcões nos pontos mais elevados. Embora fosse rodeado pelo mar por três lados, não possuía nenhum porto marítimo. A capital, dividida em duas partes mais ou menos iguais, tinha cerca de seiscentos mil habitantes.

Eu costumava acompanhar o rei e a rainha em viagens pelo interior do país. Uma pequena caixa, construída especialmente para esse fim, abrigava-me do vento e do sol.

Eu teria vivido bastante feliz naquele reino, se os acidentes que sofria, devido ao meu pequeno tamanho, não fossem tão frequentes. Um dia, quando eu passeava no jardim, uma chuva de granizo caiu de repente. A força das pedras derrubou-me no chão. Fiquei tão machucado que não pude sair do palácio durante dez dias.

Outro acidente perigoso ocorreu no mesmo local. Enquanto minha ama conversava com alguns criados, o cachorro de um dos jardineiros entrou no jardim e foi diretamente na minha direção. Ele me pegou com a boca e correu para junto de seu dono. Felizmente, o pobre jardineiro ficou muito assustado e me carregou, são e salvo, para junto de minha ama.

O maior susto, porém, foi causado pelo macaco de um dos auxiliares de cozinha. Certa tarde, quando eu estava sentado à mesa, dentro da minha caixa, ouvi alguma coisa que pulava sem parar. Quando olhei através de uma das janelas, vi o animal saltando de um lado para o outro. Fiquei imóvel, mas não adiantou. Logo o macaco descobriu a caixa e começou a brincar com ela.

Escondi-me debaixo da cama, mas ele descobriu onde eu estava. Como um gato que brinca com um rato, ele não sossegou até ter o controle dos meus movimentos. Então, abriu a caixa e provavelmente me tomou por um filhote de sua espécie. Ele me pegou e segurou no colo, como se quisesse me amamentar. Foi então que um barulho na porta o assustou e ele fugiu imediatamente pela janela. Detalhe: levou-me junto com ele!!! Ainda pude ouvir o grito de minha protetora ao entrar no quarto:

– Grildriiiiiiig!

O palácio transformou-se num rebuliço. O macaco sentou-se no telhado, enquanto lá embaixo os servos corriam de um lado para o outro. Algumas pessoas atiravam pedras, na tentativa de obrigar o animal a descer. Outras começaram a subir no telhado, usando escadas. Assustado, o macaco tratou de fugir. De repente, ele me deixou cair numa calha do telhado.

Fiquei ali sentado durante alguns minutos, que mais pareceram uma eternidade. Finalmente, fui apanhado por um dos lacaios e entregue à filha do fazendeiro. Esse incidente deixou-me tão fraco e abalado que fiquei de cama por cerca de quinze dias.

Enquanto eu me recuperava, pensava em como seria bom voltar a conversar de igual para igual com as pessoas, sem receio de ser esmagado, sequestrado ou exposto ao ridículo.

Eu já estava há dois anos em Brobdingnag quando acompanhei o rei e a rainha numa excursão pela costa sul do país. Como de costume, minha protetora transportou-me na caixa de viagem. Ao fim de um longo e cansativo dia, o rei resolveu descansar num palácio perto da costa. Minha ama estava muito resfriada e me deixou sair para ver o mar na companhia de um pajem.

Levamos meia hora até alcançar os rochedos próximos à praia. Eu também estava resfriado e decidi descansar um pouco. Deitei-me na rede dentro da caixa e adormeci.

Certo de que eu não corria perigo, o pajem subiu nos rochedos à procura de ovos de pássaros. De repente, senti um violento puxão no anel preso no topo da caixa. Para meu desespero total, percebi que a caixa flutuava no ar, a uma grande velocidade.

– Socorro! Socorro! – gritei em vão.

Ao olhar pelas janelas da caixa, via apenas nuvens. Então, ouvi o som de asas batendo e compreendi que a caixa estava sendo carregada por algum pássaro grande, como uma águia. Com seu olfato apurado, talvez a enorme ave soubesse que havia uma presa lá dentro e eu estivesse prestes a me tornar almoço de seus filhotes.

De repente, senti que caía com muita rapidez. Eu não conseguia nem sequer respirar. Splaftttt!!!! A caixa atingiu alguma superfície com uma força estrondosa. Fiquei alguns minutos no escuro e, depois, constatei que ela estava subindo. Descobri, então, que havia caído no mar.

Eu estava quase sufocando lá dentro quando me dei conta de que a água penetrava por várias fendas. Fiz o que pude para tapá-las. Tentava chegar ao topo da caixa, mas não conseguia.

    Fiquei algum tempo nessa situação, flutuando no mar dentro da caixa. Cheguei até mesmo a pressentir que aquele seria o meu fim. Amarrei um lenço numa bengala e atravessei-a por uma fenda que havia no topo da caixa. Fiquei agitando aquela bandeira improvisada, na esperança de que alguma embarcação a visse.

Não sei exatamente quanto tempo se passou. Um cargueiro que passava por ali tirou a caixa do mar com uma rede. Nenhum dos marinheiros acreditava que pudesse haver um ser humano ali dentro, mas gritei tão alto que ninguém pôde duvidar. Eles serraram a tampa da caixa e fui libertado.

O capitão do navio percebeu que eu estava fraco demais para falar e me conduziu à sua cabina. Depois de algumas reconfortantes horas de sono, narrei a minha surpreendente história. Eu estava tão acostumado a erguer os olhos para ver tudo à minha volta que, a princípio, tive dificuldade em olhar para meus companheiros. Mais uma vez, fui alvo das mais variadas perguntas e de olhares incrédulos. Bem, mas isso já estava deixando de ser novidade para mim.

Alguns meses depois, desembarcamos em Londres e reencontrei minha mulher e meus filhos. Eles me estranharam. Sem dúvida, minhas viagens deixaram marcas que vão muito além das recordações.

A estranha ilha voadora

Nem dez dias haviam se passado desde o meu retorno à Inglaterra quando o capitão do Hopewell convidou-me para uma viagem com destino às Índias Orientais. Eu seria o médico da tripulação e ganharia o dobro do que costumava receber. Era uma proposta irresistível, e eu aceitei.

Embarcamos no dia 5 de agosto de 1706. Nos primeiros dias, tudo correu tranquilamente. No décimo dia, porém, fomos perseguidos por dois navios piratas.

Com uma incrível habilidade, eles se aproximaram e invadiram o Hopewell. Fomos todos imediatamente amarrados. Percebi que o chefe deles era holandês e, como falava razoavelmente o seu idioma, implorei:

– Por favor, tenha misericórdia! Deixe-nos seguir viagem...

– Idiota! Quem o mandou abrir a boca? – reagiu com raiva o terrível pirata.

Ele me puxou com violência e me jogou dentro de um bote. Depois disso, ordenou a um dos colegas que atirasse a embarcação ao mar.

– Divirta-se com os tubarões! – gritou o holandês.

Mais uma vez, eu estava entregue à minha própria sorte. O que me aguardaria dessa vez?

Após três dias à deriva, consegui me desvencilhar das cordas e avistei um conjunto de ilhas. Dirigi-me para a maior delas, rodeando-a até descobrir um lugar adequado para desembarcar.

Deixei o bote em um lugar seguro e comecei a explorar o local. Subi em alguns rochedos para ter uma visão mais ampla.

De repente, o céu ficou escuro. Na verdade, não era o céu, mas uma gigantesca massa de terra que se erguia acima da minha cabeça.

"Raios, o que será isso?", pensei.

Percebi então que várias pessoas estavam sentadas nas bordas daquela coisa esquisita e gigantesca. Seria uma ilha flutuante? Algumas delas me observavam atentamente e pareciam conversar a meu respeito. Ajoelhei-me e implorei por ajuda:

– Estou sozinho aqui. Por favor, salvem-me!

Fizeram-me sinais para que eu fosse até a praia. Então, para meu grande espanto, a tal ilha voadora ergueu-se a uma certa altura e um gancho foi lançado. Fui fisgado como um peixe!

Ao chegar lá em cima, uma pequena multidão me cercou. Eram homens e mulheres vestidos com roupas desenhadas com sóis, luas e estrelas. Viravam a cabeça ora para a direita, ora para a esquerda. Alguns deles carregavam um saquinho com uma pequena quantidade de pedras.

Mais tarde, descobri que esses saquinhos eram utilizados para organizar uma conversa: batiam suavemente com o saquinho na boca de quem falava e no ouvido direito de quem ouvia, para que não falassem todos ao mesmo tempo.

Fui conduzido à sala de audiências do palácio real. Em frente ao trono, havia uma mesa enorme, cheia de globos terrestres e instrumentos matemáticos. O rei tentou comunicar-se comigo, mas eu não compreendia nada do que ele dizia. Em virtude disso, um dos funcionários da corte foi encarregado de me ensinar a língua do país.

Graças ao meu esforço, em poucos dias eu já sabia algumas palavras. Entre elas, o nome da ilha: Laputa. Por mais estranho que possa parecer, tratava-se mesmo de uma ilha voadora. Lagado, a capital do reino, porém, ficava em terra firme.

A matemática era de extrema importância para aquele povo. As figuras geométricas eram usadas para os mais diversos fins. Quando queriam elogiar alguém ou alguma coisa, utilizavam losangos, círculos e quadrados. Até mesmo os manjares, pudins e outros quitutes feitos na cozinha real tinham esses formatos.

A música também tinha uma importância especial na vida deles. No entanto, embora fosse perito em geometria e acordes

musicais, esse povo era extremamente confuso e atrapalhado. Às vezes esqueciam o que estavam fazendo e olhavam uns para os outros como se fossem totalmente estranhos. Além disso, viviam sempre preocupados com a possibilidade do desaparecimento da Terra em virtude de uma colisão com o Sol ou algum outro corpo celeste. Alguns não conseguiam nem mesmo dormir tranquilamente à noite por causa disso. Pela manhã, queriam saber:

– O Sol ainda está brilhando?

– Aconteceu alguma tragédia?

– A Terra foi atingida por um cometa ou meteoro?

Um mês depois, quando dominava razoavelmente o idioma local, pedi licença a Sua Majestade para explorar a região. Descobri, então, que a ilha voadora era rigorosamente circular. Sua superfície era formada por minerais e a última camada era de diamante puro. No centro da ilha havia uma abertura com cerca de cinquenta metros de diâmetro. Ali ficava a Caverna dos Astrônomos.

Além de telescópios e outros instrumentos, dentro da caverna havia uma gigantesca pedra magnética, que repousava sobre um pedestal de diamante. Quando essa pedra estava inclinada, a ilha também ficava inclinada. Esse era o grande segredo da ilha!

Bastava o rei decidir qual direção gostaria de tomar ou em que posição a ilha deveria ficar e os astrônomos reais acionavam os devidos mecanismos. Porém, o poder magnético da pedra era limitado a uma distância de seis quilômetros.

Embora não fosse suficiente para dominar o mundo inteiro, esse poder permitia que Sua Majestade mantivesse algumas cidades próximas à capital sob controle. Aquela que tentasse promover alguma revolta ou se recusasse a pagar os impostos era devidamente castigada.

Uma das penalidades era manter a ilha pairando sobre a cidade rebelada, privando-a dos benefícios do sol e da chuva. Crimes graves eram punidos com lançamento de pedras.

Depois de conhecer algumas curiosidades sobre a Laputa, o meu maior desejo era abandonar aquele lugar para sempre.

Ainda que não fosse maltratado, sentia-me tremendamente entediado ali.

Resolvi pedir a ajuda de um nobre que simpatizava comigo. Ele intercedeu em meu favor junto a Sua Majestade, e consegui a minha liberdade. Quando a ilha passava sobre uma montanha, fui colocado lá pelo mesmo gancho com que me haviam içado. Finalmente, eu pisava na terra firme do continente.

Segui em direção à capital, Lagado, onde fui recebido com muita consideração e hospitalidade por um amigo do nobre que me havia ajudado.

Lagado parecia uma cidade devastada por uma guerra. As casas eram esquisitas, e muitas delas estavam em ruínas. O povo andava ligeiro pelas ruas, com roupas em farrapos. Não senti a mínima vontade de permanecer ali. Todavia, segundo o meu anfitrião, eu não poderia partir sem conhecer a Grande Academia de Ciências, um respeitado centro de saber.

No dia seguinte, fui visitar o local. Os cientistas que trabalhavam ali dedicavam-se aos mais esdrúxulos projetos, como extrair raios de sol de pepinos, transformar gelo em pólvora, construir casas começando pelo telhado e outras esquisitices, que nem me atrevo a contar. Nessa academia funcionavam também a Escola de Linguagem, a Escola de Matemática e a Escola dos Professores de Política.

Atordoado com tantas ideias malucas, decidi conhecer a pequena ilha de Glubbdubdribb. Confesso que estava com medo, pois fiquei sabendo que era governada pelo chefe de uma tribo de feiticeiros. Dizia-se que, entre outros poderes, ele ressuscitava os mortos para usá-los como servos. Eu não podia acreditar numa coisa dessas!

Ao chegar lá, fui convidado para jantar com o governador. Observei, assustado, que os criados que serviam a mesa não pareciam muito saudáveis. Tinham a pele pálida e profundas olheiras escuras.

"Serão eles os tais mortos-vivos?", pensei, mas não me atrevi a perguntar.

Entretanto, após alguns encontros, nos quais relatei minhas aventuras, o governador revelou-me que realmente tinha o poder de ressuscitar os mortos. Ofereceu-se, então, para trazer à vida, por um breve período de tempo, o personagem histórico que eu desejasse. Aquilo parecia uma grande maluquice, mas resolvi entrar na brincadeira.

– Gostaria de ver o grande imperador grego Alexandre Magno! – pedi, ainda sem acreditar que aquilo fosse realmente possível.

O governador moveu o dedo indicador da mão direita e Alexandre Magno apareceu diante de nós. Ele revelou detalhes sensacionais das várias batalhas que o levaram a conquistar boa parte do mundo. Também contou como adorava sua terra natal, a Macedônia.

Vários outros personagens ilustres surgiram à minha frente, entre eles o poderoso imperador romano César e os sábios Descartes, Homero e Aristóteles. Foi um grande privilégio poder conversar com todos eles e descobrir mais detalhes sobre a época em que viveram.

Àquela altura, eu já estava sentindo falta do mundo dos vivos. Despedi-me do governador e embarquei num navio com destino a Luggnagg, também conhecida como a Ilha dos Imortais. Ali moravam pessoas que estavam vivas havia séculos, e assim permaneceriam por toda a eternidade.

Ao contrário do que eu imaginava, porém, elas não apreciavam o fato de viver por tanto tempo. Sentiam-se exaustas e não tinham ânimo para fazer nada.

Minha cabeça estava ficando zonza com tantas coisas extraordinárias. Despedi-me de todas as pessoas que havia conhecido e embarquei alguns dias depois num navio com destino ao Japão. Ainda pude avistar no horizonte a ilha voadora e acenei para me despedir.

A viagem durou cerca de quinze dias. Como eu havia planejado, consegui encontrar naquele país asiático um cargueiro de partida para a Inglaterra. Já era hora de voltar para casa!

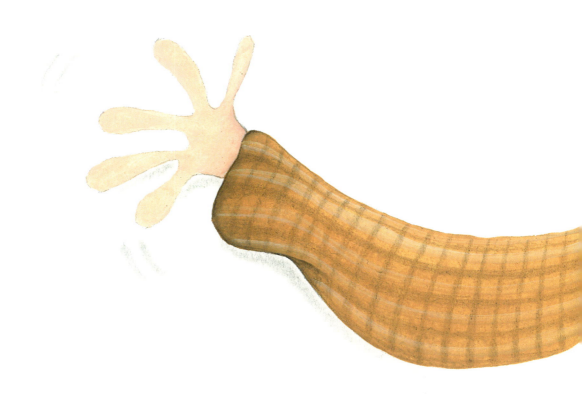

No país dos huynhuns

Depois de cinco meses na Inglaterra, aceitei um convite para ser comandante do Aventura.

Durante a viagem, marcada por fortes tempestades, alguns tripulantes morreram, vítimas de doenças. Fui obrigado a contratar outros marujos no caminho. Antes não tivesse feito isso...

Os patifes que subiram a bordo organizaram uma rebelião, envolvendo o resto da tripulação. Eles se apoderaram da embarcação e, por pouco, não me mataram. Tornei-me um prisioneiro em meu próprio navio!

Um dia, resolveram abandonar-me sem uma migalha de pão numa ilha desconhecida. Era um lugar aparentemente desabitado. Caminhei com cautela, receoso de topar com algum animal selvagem pela frente. Não demorou muito e encontrei um caminho no meio da mata, onde havia pegadas humanas, de vacas e, principalmente, de cavalos.

Ao avançar na trilha, avistei um grupo de animais num campo próximo. Escondi-me atrás de um arbusto para observá-los melhor.

Tinham a cabeça e o peito cobertos por uma grande cabeleira. Barbichas esquisitas brotavam de seus queixos. Uma faixa de pelos descia por suas costas, mas a pele era lisa no resto do corpo. Garras salientes os tornavam ágeis como esquilos para subir em árvores. Os machos eram um pouco maiores do que as fêmeas. A cor do cabelo de ambos variava do castanho ao amarelo. Confesso que em nenhuma de minhas viagens tinha visto seres tão repugnantes e esquisitos!

Quando eu tentava me afastar, dei de cara com uma dessas criaturas no meio do caminho. Espantado, o monstro torceu várias vezes o focinho, aproximou-se de mim e levantou a pata dianteira. Puxei o meu sabre, mas procurei atingi-lo apenas com o cabo da arma, evitando feri-lo gravemente. O animal recuou e começou a gritar.

Em poucos minutos, surgiu um bando de quarenta indivíduos como aquele. Tentei afugentá-los com o sabre. Alguns, porém, subiram nas árvores próximas, com intenções nada boas.

De repente, como se tivessem visto uma assombração, todos puseram-se a correr.

"O que será que os assustou tanto assim?", pensei.

Obtive a resposta poucos minutos depois. À minha esquerda, um cavalo malhado andava calmamente no campo. Certamente, a visão desse animal é que os tinha assustado.

Permaneci imóvel. O cavalo aproximou-se de mim e observou-me da cabeça aos pés. Em seguida, rodeou-me diversas vezes. Não dava sinais de violência ou agressividade. Pelo contrário, demonstrava suavidade e bondade. Acariciei o seu pescoço. Ele abanou a cabeça e relinchou algumas vezes. Logo apareceu outro cavalo. Os dois trocaram patadas e relinchos. Pareciam estar conversando. Provavelmente, eu era o assunto principal.

Decidi avançar pela estrada em busca de abrigo e comida. O cavalo malhado, porém, relinchou e veio atrás de mim, acompanhado do outro animal. Ambos me rodearam e ficaram me observando com curiosidade. O seu jeito de me olhar e de brincar com minhas roupas e chapéu levou-me a pensar que talvez fossem mágicos, transformados momentaneamente em animais.

— Cavalheiros, se os senhores são feiticeiros poderosos, devem entender qualquer língua. Saibam que sou inglês e que meu navio foi sequestrado por bandidos. Peço-lhes que me deixem subir em suas garupas e me conduzam até alguma aldeia. Em troca, posso dar-lhes este bracelete e este sabre — eu disse.

Os dois ouviram atentamente e trocaram relinchos entre si. Percebi que "pronunciavam" a palavra *yahoo* diversas vezes.

— Yahoo, yahoo... — repeti.

Ambos ficaram admirados ao ouvir a minha voz. O cavalo cinzento repetiu a palavra, tentando indicar-me a pronúncia correta. Em seguida, o cavalo malhado tentou me ensinar uma outra palavra: *huynhum*.

— Huy... Huynh... Huynhum — tentei repetir.

Os animais pareciam muito espantados com a minha inteligência. Depois de trocarem mais alguns relinchos, o cavalo malhado partiu e o cinzento fez sinal para que eu seguisse atrás dele.

Percorremos cerca de cinco quilômetros até chegarmos a uma construção de madeira, coberta de palha. Tirei o bracelete e o sabre do bolso para presentear as pessoas que viviam ali. O cavalo fez sinal para que eu entrasse primeiro.

O lugar era bem espaçoso. Havia três cavalos velhos e duas éguas. Para minha grande surpresa, descobri que não havia humanos ali. Os cavalos eram seus próprios senhores! Algumas daquelas repugnantes criaturas que eu tinha visto logo na chegada estavam no pátio, amarradas com cordas. Observando-os mais de perto, descobri que eram seres humanos, como eu! Talvez fossem uma espécie de povo selvagem. Os cavalos os chamavam de yahoos e os tratavam como bichos. Portanto, naquele lugar eu

jamais veria um homem montado na garupa de um cavalo. E, o que era pior, eu também era um yahoo! O que o destino me reservaria? Humilhações? Escravidão? Dores?

Algumas horas depois, um veículo puxado por quatro yahoos estacionou em frente à casa. Um cavalo velho e distinto, que parecia ter autoridade, saiu de dentro dele. Ele vinha jantar com o cavalo cinzento. Foi recebido com muita cortesia. Ambos acomodaram-se no melhor aposento e se alimentaram de leite, aveia e feno em gamelas apropriadas. Eles me olhavam com frequência e repetiam a palavra *yahoo*.

O cavalo cinzento ensinou-me algumas palavras, como leite, fogo, água, cevada e outras. Com a permissão dos donos da casa, preparei um pão com cevada e leite. Esse foi meu alimento principal naquela ilha. Às vezes, apanhava algumas ervas, que comia como salada. Também costumava fazer manteiga com o leite.

No início, eu dormia num celeiro próximo à casa principal. Depois, fui convidado a morar na casa de meu amo, conforme passei a chamá-lo.

Eu não media esforços para aprender a língua dos huynhuns. Apontava para tudo o que via e perguntava o nome.

Eles ficavam muito admirados com a minha educação, higiene e bons modos. Minhas roupas despertavam um interesse especial. Queriam saber se faziam parte do meu corpo. Expliquei-lhes que podia colocá-las ou tirá-las, conforme a minha vontade.

Meu amo não via a hora de conversar demoradamente comigo e descobrir de onde eu vinha, por que tinha aquela aparência, a que raça pertencia.

Após três meses, eu já compreendia a maior parte das perguntas e conseguia respondê-las com uma certa facilidade. Contei a meu amo que tinha vindo pelo mar, de um país da Europa, onde havia pessoas parecidas comigo. Também narrei-lhe os infortúnios que tinha vivido no navio.

— Impossível! Impossível! — repetia o cavalo cinzento em sua língua.

Ele não conseguia acreditar que existia um país governado por yahoos. A palavra *huynhum* significa "perfeição da natureza". Os huynhuns consideravam-se os seres mais evoluídos da Terra. Custavam a crer que um *yahoo* – um humano – pudesse pensar, falar e agir racionalmente. Quando aprendi a me expressar ainda melhor, implorei-lhe:

– Por favor, não me chame de yahoo. Eu me sinto terrivelmente mal de ser comparado a seres tão desprezíveis!

Um dia, meu amo quis saber se em meu país havia huynhuns e o que faziam lá. Expliquei-lhe que na Inglaterra havia um grande número de huynhuns. No verão, costumavam pastar nos campos e, no inverno, ficavam em celeiros e os yahoos cuidavam deles.

– Ah, então os huynhuns também são senhores em seu país? – perguntou ele.

– Bem... Na verdade, meu amo, entre nós os huynhuns são chamados de cavalos. São animais muito apreciados, por sua docilidade, força e agilidade. Porém, devo esclarecer que são usados para puxar carruagens, transportar pessoas e, às vezes, auxiliam nos trabalhos do campo.

– Não é possível! – exclamou o cavalo cinzento.

– Com todo o respeito, meu amo, tudo o que acabei de lhe contar é a mais pura verdade.

Como sinto saudades daquele lugar, onde vivi aproximadamente por três anos e fui tão bem tratado!

Os huynhuns eram um povo nobre. Eles não mentiam uns para os outros. Viviam numa sociedade justa, sem falsidade.

A amizade era uma de suas principais virtudes. Costumavam louvá-la em versos e músicas. Um huynhum jamais permitiria que outro passasse fome ou fosse privado de coisas importantes para a sua sobrevivência. Seus conhecimentos de astronomia permitiam que compreendessem os movimentos de rotação do Sol e a natureza dos eclipses. Viviam geralmente setenta ou setenta e cinco anos. Quando estavam prestes a morrer, despediam-se solenemente dos amigos, como se fossem partir numa longa viagem para um lugar distante. Em seu vocabulário, não havia palavras para exprimir coisas ruins, exceto quando se referiam aos vícios dos yahoos.

Eu já estava pensando em viver ali para sempre, pois gozava de ótima saúde e tranquilidade de espírito. Além do mais, não tinha de me preocupar com possíveis traições de amigos ou inimigos. Ali não havia piratas, ladrões ou assassinos. Nada de orgulho, vaidade ou fraudes. Eu era verdadeiramente feliz. Porém, isso não duraria para sempre...

Um dia, meu amo comunicou-me que, durante a Assembleia Geral, os representantes de diversas regiões o censuraram por permitir que um yahoo vivesse com sua família e, o que era pior, fosse tratado como um huynhum.

– E o que ficou decidido, meu caro amo? – perguntei, aflito.

– Você terá de viver com os outros da sua espécie ou então partir, a nado, para o lugar de onde veio! – respondeu o cavalo cinzento, com a voz triste e pesarosa.

Eu me recusava terminantemente a viver com aqueles seres selvagens, mas seria impossível voltar a nado para a Inglaterra! Então, contrariando os outros membros da assembleia, meu amo concedeu-me o prazo de dois meses para construir um barco.

Em apenas seis semanas, construí uma barcaça de madeira.

No dia da minha partida, despedi-me de meu amo e de sua família, com lágrimas nos olhos e um aperto no coração.

– Adeus, amigos!

Meu amigo empinou-se gloriosamente na areia e despediu-se de mim:

– Adeus!

Avancei com meu barco no mar azul-turquesa. Minha intenção era encontrar uma ilha deserta para viver. Depois de conviver com os huynhuns, não desejava fazer parte de nenhuma outra sociedade governada por yahoos.

Porém, alguns dias depois, fui recolhido por um navio que cruzava aquelas águas. Eu não tinha vontade de conversar com ninguém a bordo. Os marinheiros não faziam outra coisa a não ser criticar o cheiro do meu corpo. Todos diziam que eu cheirava a cavalo. Para mim, entretanto, aquilo era um elogio. Na minha opinião, não havia nada mais grosseiro e rude do que um yahoo.

Desembarcamos em Lisboa, onde consegui comprar uma passagem num navio com destino à Inglaterra.

Ao chegar a Londres, fui recebido com muita surpresa e alegria pela minha família. Minha mulher e meus filhos pensavam que eu já estivesse morto.

Levei muito tempo para me adaptar novamente à vida em sociedade. Comprei dois cavalos e os "hospedei" num bom estábulo. Passei a conversar com eles diariamente, por cerca de quatro horas. Construímos uma amizade verdadeira e terna. Essa foi a forma que encontrei de continuar ligado aos meus nobres e estimados amigos, os huynhuns.

Considerações finais de um viajante

Durante dezesseis anos, percorri terras distantes e vi coisas que outros seres humanos jamais imaginaram existir. Coisas que nem mesmo em sonhos parecem possíveis. Tudo isso contribuiu para que a minha vida não fosse em vão. O garoto que desejava viver aventuras nos mares venceu desafios e realizou seus sonhos. Dos pequeninos de Lilliput aos grandalhões de Brobdingnag; da ilha voadora da Laputa ao país dos huynhuns, meus olhos testemunharam inúmeras formas de manifestação da vida. Tudo o que vi, está descrito neste livro.

Espero que não me julguem um mentiroso. Ficaria muito triste de ser comparado com outros autores que narram aventuras fantásticas que nunca viveram. Na minha humilde opinião, o objetivo principal de um viajante é contribuir com bons exemplos. Que a minha experiência possa enriquecer a vida de todos vocês, como fez com a minha.

Quem foi Jonathan Swift?

Jonathan Swift nasceu na cidade de Dublin, na Irlanda, em 1667. Seu pai havia morrido e deixado sua família muito pobre.

Sem condições de criá-lo, sua mãe partiu para a Inglaterra, deixando-o com um tio, que o recebeu por caridade e o considerava um estorvo. Aos 21 anos, Jonathan foi para a Inglaterra para juntar-se à mãe, que lá vivia miseravelmente.

Humilhado e inconformado com essa situação, Jonathan estudou muito e logo conseguiu melhorar de vida por mérito próprio. Formou-se em teologia e voltou para a Irlanda, onde foi ordenado ministro da igreja anglicana. Tornou-se um corajoso defensor do povo oprimido. Através da sátira cruel de seus livros, pretendia despertar a consciência das pessoas.

Em 1726, Jonathan Swift publicou *Viagens de Gulliver*, sua realização máxima, em que denuncia a condição indigna a que o ser humano fora reduzido e mostra que, ao contrário dos homens, os animais não haviam perdido a bondade e a delicadeza.

Swift sempre preferiu o anonimato à fama. Apesar de ser um pastor protestante, tinha também seguidores católicos, que o amavam e respeitavam. Morreu na sua cidade natal, em 1745.

Quem é Lúcia Tulchinski?

Lúcia Tulchinski iniciou sua carreira de escritora em 1994, com a publicação dos livros *Vupt, a fadinha* e *O porta-lápis encantado*, pela Editora Scipione.

Formada em jornalismo pela Universidade Federal do Paraná, foi roteirista dos programas de TV *O agente G* e *Mundo maravilha*, da Rede Record.

Desde criança é apaixonada pelo universo dos livros, letras e afins. Na estante de sua casa, guarda com carinho o primeiro livro que ganhou de presente, aos seis anos de idade: *Contos de Perrault*.

Mora em São Paulo desde 1989, com o filho Igor.

Viagens de Gulliver

Jonathan Swift

adaptação de Lúcia Tulchinski
ilustrações de Cláudia Ramos

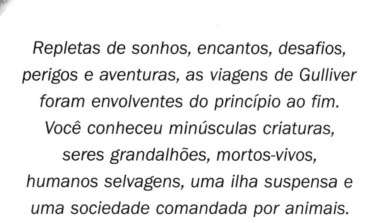

Repletas de sonhos, encantos, desafios, perigos e aventuras, as viagens de Gulliver foram envolventes do princípio ao fim. Você conheceu minúsculas criaturas, seres grandalhões, mortos-vivos, humanos selvagens, uma ilha suspensa e uma sociedade comandada por animais.

REENCONTRO INFANTIL

Este encarte faz parte do livro. Não pode ser vendido separadamente.

editora scipione

Recordando as aventuras

1 Gulliver, nosso herói, passou por poucas e boas, não é mesmo?
Vamos relembrar suas aventuras, numerando de 1 a 16 a ordem dos acontecimentos:

(   ) Gulliver é atacado por dois ratos e atinge um deles com um sabre.

(   ) Gulliver chega a um milharal onde as espigas de milho têm mais de doze metros de altura e é capturado por um grandalhão.

(   ) Gulliver é vendido à rainha de Brobdingnag por mil moedas de ouro.

(1) Gulliver acorda no reino dos pequeninos.

(   ) Usando ganchos e cordas, Gulliver conquista a frota naval de Blefuscu e arrasta pelo mar seus cinquenta maiores navios de guerra.

(   ) Gulliver é exposto numa feira, onde as pessoas pagam ingressos para vê-lo.

(   ) Gulliver é abocanhado pelo cachorro do jardineiro.

(   ) O anão da rainha, por inveja, joga Gulliver dentro de uma travessa de creme de baunilha.

(   ) A "caixa-casa" de Gulliver é capturada por uma grande ave, que a derruba no mar.

(   ) Em Glubbdubdribb, o governador-chefe de uma ilha de feiticeiros ressuscita Alexandre Magno.

(   ) Em Luggnagg, Gulliver vê pessoas que estavam vivas havia séculos e que não tinham ânimo para fazer mais nada.

(   ) Chegando em casa, Gulliver revê a família, compra dois cavalos, coloca-os num bom estábulo e conversa diariamente com eles.

( ) No país dos huynhuns, Gulliver percebe que jamais verá um homem montado num cavalo.

( ) Gulliver é capturado por um macaco, que o deixa cair numa calha de telhado.

( ) Gulliver é capturado na ilha flutuante.

( ) No país dos huynhuns, Gulliver puxa seu sabre para um yahoo. Em poucos minutos, surge um bando de quarenta indivíduos como aquele.

Um pouco de geografia

1 Nesta história são citados nomes de muitos lugares, e alguns deles foram escritos no diagrama abaixo. Vamos encontrá-los?

L	I	S	B	O	A	R	S	T	V	J	A	P	Ã	O	X	A
V	R	V	S	S	W	A	S	I	E	E	A	Q	S	Q	S	Q
Í	X	F	I	N	G	L	A	T	E	R	R	A	Y	A	P	W
N	Z	H	Q	Y	S	Ç	Y	S	Ç	P	A	T	P	S	D	Q
D	L	J	V	S	Y	P	Q	Y	I	Ç	E	Y	U	D	R	W
I	W	M	A	D	A	G	A	S	C	A	R	R	Z	U	Y	Q
A	Q	X	J	L	Y	S	P	Z	Y	P	A	E	Y	S	P	S
K	M	Z	Ç	Ç	U	Z	S	Y	U	L	O	N	D	R	E	S

Agora verifique em um atlas escolar quais deles são países e quais são capitais. Depois, escreva-os nos lugares corretos:

Países: _____

Capitais: _____

3

2 Vamos ver se você é um bom observador.
Usando lápis de cor, pinte no mapa abaixo os países que encontrou no exercício 1.

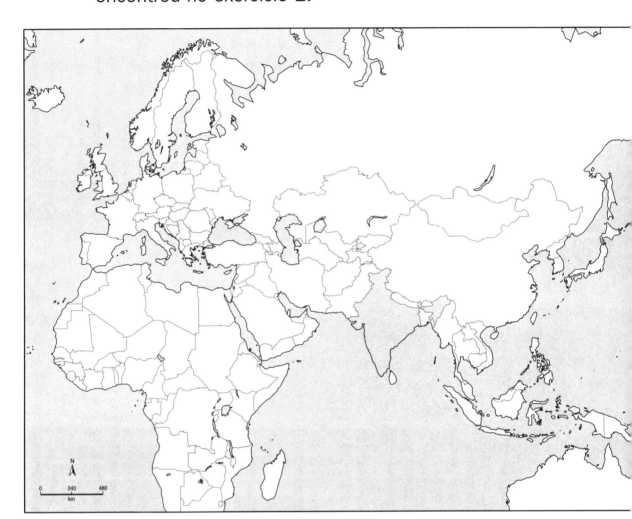

No reino de Lilliput

1 Em Lilliput, para ganhar a liberdade, Gulliver deveria prestar um juramento solene e engraçado.
Pinte a cena correta desse juramento, segundo as exigências dos lilliputianos. Use as cores que quiser.
Dica: Em caso de dúvida, consulte o livro. Lá está tudo explicadinho.

Os lilliputianos tinham um costume: enterravam seus mortos de cabeça para baixo. Acreditavam que, passadas onze mil luas, eles estariam novamente virados para cima. Esse costume se chama superstição.

Algumas pessoas não passam debaixo de escadas, pois acham que isso dá azar. Em nossa sociedade, há várias outras formas de superstição.

Que tal pesquisar algumas e anotá-las aqui? Certamente você vai se divertir!

Depois, não esqueça de comentá-las com seus colegas.

_____
_____
_____
_____

Agora chegou a sua vez de avaliar.

a) Em Lilliput, a **ingratidão** constituía um crime capital: quem a praticasse contra um benfeitor era considerado inimigo comum de todo o reino.
Pesquise no dicionário o significado dessa palavra e responda: você concorda com a atitude dos lilliputianos? Por quê?

_____
_____
_____
_____
_____
_____

b) As crianças e os jovens de Lilliput eram educados em escolas. Pais e filhos encontravam-se apenas duas vezes por ano.
O que você acha disso?

_____
_____
_____
_____

Na terra dos grandalhões

① Em Brobdingnag, nosso herói foi capturado por um gigante no meio de uma plantação de espigas de milho que mediam doze metros de altura.
Trace o caminho que levou o grandalhão até Gulliver no milharal.

Você já ouviu falar do Pinóquio?

Ele era um boneco de madeira que andava e falava. Além disso, queria ser um menino de verdade. Um dia, ele encontrou um gato e uma raposa, que eram muito malandros. Eles levaram Pinóquio a um teatro de marionetes, onde o boneco era obrigado a cantar e a dançar para enriquecer Strombolli, o dono do teatro.

No reino de Brobdingnag, Gulliver passa por uma situação parecida.

Transcreva nas linhas abaixo o trecho em que isso acontece.

___

___

___

___

___

___

A rainha de Brobdingnag encomendou ao marceneiro real uma caixa de madeira para servir de aposento a Gulliver. O serviço ficou perfeito!
Agora é sua vez. Desenhe a "caixa-casa" do herói com todos os detalhes citados no livro. Em seguida, capriche na pintura do desenho.
Mãos à obra!

Na ilha voadora

1) Os moradores da ilha da Laputa tinham hábitos bem esquisitos.
Organize as palavras das frases abaixo e relembre alguns deles. Mas atenção: não vale olhar no livro! Primeiro, tente montar suas próprias respostas. Depois, consulte o livro apenas para conferi-las.

a) "alguém ou alguma coisa, utilizavam losangos, elogiar Quando queriam círculos e quadrados."
___
___

b) "e olhavam uns para Às vezes esqueciam os outros como se fossem o que estavam fazendo totalmente estranhos."
___
___
___

c) "ou algum outro corpo celeste do desaparecimento da Terra viviam sempre preocupados Além disso, em virtude de uma colisão com a possibilidade com o Sol."
___
___
___

11

Na ilha de Glubbdubdribb, nosso herói vê ressuscitarem alguns grandes nomes da história pelos poderes de um governador-chefe de uma tribo de feiticeiros.
Veja os símbolos e descubra os nomes desses personagens.

a)

b)

c)

d)

e)

Pesquise sobre os personagens citados no exercício anterior. Procure descobrir em que época viveram, que feitos realizaram e qual a sua importância para a história do mundo.

Depois, troque informações com os colegas a respeito do assunto e, com a ajuda do professor de artes, organizem uma dramatização. Improvisem roupas de época, falas dos personagens, etc.

No país dos huynhuns

 Gulliver foi abandonado numa ilha sem ao menos uma migalha de pão. Ao avançar pela trilha, avistou um grupo de yahoos e escondeu-se atrás de um arbusto...
Desenhe um yahoo no espaço abaixo, como você o imaginou. Não vale copiar a ilustração do livro!

Preencha a cruzadinha e relembre o país dos huynhuns.

a) Nome dado pelos huynhuns ao ser humano em forma selvagem.
b) Animal que era senhor de si mesmo.
c) Cor do animal que ensinou Gulliver a falar algumas palavras na língua dos huynhuns.
d) Lugar onde Gulliver dormia, próximo à casa principal dos huynhuns.
e) Uma das maiores virtudes dos huynhuns.
f) Nome da ciência que permitia aos huynhuns compreender os movimentos de rotação do Sol e a natureza dos eclipses.
g) Ingrediente que Gulliver misturava ao leite para fazer pão.
h) Outro alimento que Gulliver preparava com leite.
i) Arma que Gulliver puxou para um dos yahoos.

Criando uma história

Depois de ler sobre as aventuras de Gulliver, você deve estar com a cabeça fervilhando de imagens e ideias. Então, que tal criar sua própria aventura?

Imagine que você está num reino, que tem um nome, características próprias, seres que vivem nele, desafios a enfrentar, soluções para os problemas que surgem... Conte sua história para nós!

Construindo um reino

Com massa de modelar, construa o reino onde se passa a história que você criou. Faça casinhas, torres, árvores, plantas e animais para compor a sua maquete. Utilize cores alegres e variadas. Vai ficar lindo!

Quando seu trabalho e o de seus colegas estiverem prontos, peça ao professor de Artes que organize uma exposição na classe.